Calendimaggio

Pietro Gori

PERSONAGGI

EVANDRO – boscaiuolo.

SILVIA – giovane contadina.

IL BARONE – signore della terra.

FOSCO – cantastorie.

CORALI:

contadini e contadine,

dame e gentiluomini,

Le voci dei lavoratori della terra e del mare.

————

L'azione si svolge in un paesello alpestre.

EPOCA PRESENTE

PARTE PRIMA

La scena è formata da un vasto cortile scoperto ricinto al fondo da un'alta siepe in fiore, in mezzo alla quale si apre una salda porta rustica. A sinistra roccie e dirupi che si avanzano alquanto nel recinto; a destra la casetta di Silvia sulle cui mura, appesa presso la porta, brilla una scure da boscaiuolo. Vicino altri strumenti di lavoro. Nel fondo, al di là della siepe, s'intravede il paesello inerpicato per le pendici della montagna; più in alto selve e giogaie chiazzati ancora di neve. È notte inoltrata.

SCENA I.

EVANDRO, SILVIA, CONTADINI E CONTADINE

Il cortile è illuminato a lampioncini colorati e tutto messo a festa. Al levarsi della tela una folla di contadini e contadine danza gaiamente. La festa nuziale è sul finire.

Evandro: (che durante la danza era rimasto presso Silvia in contemplazione estatica, si scuote).

Silvia, Silvia parlate...

Silvia: (in abito modesto da sposa, ma in attitudine pensosa e melanconica).

Non giova la favella

se dentro piange il core...

Evandro: (con effusione).

La vita è tanto bella...

SCENA II.

Barone: (entra seguito da una comitiva di dame e di gentiluomini).

Salute, brava gente...

Coro: (contadini e contadine).

A voi, Barone, onor...

Barone: (presentando Silvia, mesta e confusa, alla comitiva)

La sposa...

Coro: (dame e gentiluomini)

È seducente!

Evandro: (inchinandosi con umiltà al Barone).

Vostro servo, signor...

Barone: (rivolto ai contadini ed ai boscaioli).

Diman la cornamusa, dal castello

batterà la dïana...

Coro: (contadini e boscaioli).

Ai vostri cenni

siam pronti...

Barone: (a Evandro con lieve ironia).

A caccia lo sposo novello

verrà?...

Evandro: (con devozione).

Verrò!

Barone: (accennando la sposa).

La mia parola tenni.

Evandro: (con effusione di riconoscenza).

Sì, da le vostre mani, o mio signore,

dopo il lavoro e il pan venne l'amore.

Barone: (con sottile alterigia).

L'amor, che da le mie mani è venuto,

crebbe qual fior di serra;

or riede a la sua terra,

torna al suo bosco solitario e muto.

Coglilo, tra gli osanna,

boscaiolo felice, e a me consenti,

che per esso imparenti

il mio palagio con la tua capanna.

Coro: (gentiluomini e dame – con velata ironia).

Celebrate

fauni e fate – per le arcate

dei solinghi atri silvani,

questo fiore

di candore,

che vi rendon quelle mani.

Coro: (contadini e contadine – con ironica allegria).

Viva il fiore – di candore

che il signore,

da l'altezza del poggiuolo

baronale,

sul viale

getta a l'umil boscaiolo.

Evandro: (alquanto ebbro, con ingenua spensieratezza).

Io l'ho stretto

con affetto,

sul mio petto,

questo fiore verginale,

coltivato,

carezzato

sotto il tetto padronale.

Barone: (avvicinandosi a Silvia).

L'ultima notte d'Aprile ravvolga

del vostro amore la stretta beata....

(avviandosi, seguito dalle dame e dai gentiluomini).

Coro: (d'uomini – ironicamente).

Buona fortuna...

Coro: (di donne – salutando in fretta Silvia).

Partiamo...

Fosco: (staccandosi dal gruppo degli uscenti, e soffermandosi semi-ebbro sul limitare – a Silvia e ad Evandro con comica minaccia).

Vi colga

Tra baci e sogni la mia maggiolata.

(via tutti).

SCENA III.

SILVIA ED EVANDRO.

Evandro: (avvicinandosi appassionatamente a Silvia, che s'è chiusa in uno sdegnoso riserbo).

(con fervore crescente).

Silvia, tu non sai,

come era deserta la vita

nel bosco tutto deserto,

ove di freddo tremai

solo, solo, solo;

dove tutto ho sofferto!

Ma la gioia è fiorita

söave più de le vïole

su la casetta romita

da la selva al monte,

quando sei apparita,

là su l'orizzonte,

bella come il sole!

(cingendole amorosamente la vita)

Silvia: (sciogliendosi, con ripugnanza, dall'abbraccio).

No, non posso... non voglio...

9

Evandro: (osservandola con stupore).

Non vuoi?

Perchè?... Intendo – son rozzo, e ignoro le arti

d'amore. Non conobber che quell'ascia

queste mie mani ed ogni aspra fatica.

(con effusione).

Apprenderò la grazia ne l'amarti.

Silvia: (con doloroso sarcasmo).

Di quale amore... tu amare mi puoi?

Evandro: Del primo ed ultimo ardore...

(tenta ancora d'abbracciarla).

Silvia: (sciogliendosi nuovamente dalle sue braccia).

No, lascia...

Perchè m'accettasti... da lui... (con disprezzo)

Evandro: (con sorpresa e dolore).

Tu nemica

di chi ci rese felici?....

Silvia: (con risoluzione fiera).

Non voglio...

non devo esser tua!

(col pianto nella voce).

c'è il tremendo

passato, che tu non ignori... (con un singhiozzo).

Evandro: (con amorosa premura).

Cordoglio

t'assal del palagio che lasci?... Comprendo.

So, che nascesti da un amplesso ignoto,

e che il vecchio signore t'ha raccolto

su per la via...

Pure un sentier del bosco fu la mia

culla... Non vedi, ch'è un destin remoto;

(accarezzando). – serena, o cara il volto –

un destin che ti spinge – alza la faccia –

(costringendola, dolcemente, a guardarlo).

tra le invocanti mie braccia,

sopra il mio cor devoto...

(stringendola al seno, appassionatamente).

Silvia: (si svincola bruscamente rifugiandosi nella casetta).

No, tu non puoi... tu non mi devi amare..

(chiude l'uscio in faccia ad Evandro).

Evandro: (fa come per inseguirla, poi si ferma, quasi atterrito).

Respinto... così... presso il limitare

della felicità...

(quasi coricandosi sui gradini della casetta rustica).

Perchè, o Silvia, perchè ti nascondi?

(chiamando dolorosamente).

Silvia!... Silvia !... Silvia!

(singhiozzando)

Sei fuggita!... Perchè non rispondi?

Fui rude, è ver – perdona...

(posando la fronte sul limitare).

Aspetterò, con la fronte giù prona,

fin che tu non abbia pietà....

(resta immobile presso la porta chiusa).

(al di fuori della cinta s'odono degli accordi di chitarra)

La voce di **Fosco:** (al di fuori – accompagnandosi con la chitarra).

O maggiolata, devi tutta dire

la storia del novello maritaggio,

e al giglio, che il padron volle offerire

al bruno boscaiolo del villaggio,

devi cantar l'allegra ninna nanna

del signor, che incorona la capanna.

Coro: (contadini e boscaioli – sghignazzando).

Cantiamo, ah!... ah!... ah!... la ninna nanna

del signor che incorona la capanna.

Evandro: (che ai primi accordi aveva levato la testa, e si era fatto intento, viene poco a poco assalito da nuovo sgomento, allo svolgersi del canto: finchè la sghignazzata lo scuote, come per subitaneo terrore).

Che vuol dire quel canto...

(battendosi bruscamente la fronte),

E perchè ridono

quei dannati?...

Coro: (di fuori, a Fosco ridendo).

Su, canta il Maggio florido.

Evandro: (segue con ansia mortale il seguito di Maggio).

La voce di **Fosco:** Calendimaggio che porti l'amore,

e sei tutto vestito di speranza,

batti a la finestrella del suo cuore,

ove quell'altro aveva preso stanza,

ed a lo sposo dà consolazione,

se il fior fu già fiutato dal padrone

Coro: (ripetendo il ritornello).

E dagli ah!... ah!... ah!... consolazione,

se il fior fu colto prima dal Barone...

Evandro: (un lampo di furore ne accende, come per fulminea rivelazione, il viso – Con un balzo è sulla porta, su cui percuote, chiamando).

Silvia...

(Silvia, pallidissima, apparisce sul limitare).

Silvia, li udisti?...

(scuotendola)

Silvia: (con disprezzo)

Codardi

cantori e canto....

Evandro: (disperatamente).

Ma dimmi, che sono bugiardi...

Silvia: (abbassando il capo, con infinito dolore).

Ah tu non sapevi?...

Evandro: (con un grido d'angoscia).

Nel pianto,

amore, t'affoghi l'infamia!...

(vedendo la scure appesa al muro, si volge a quella con schianto di passione).

O scure, mia scure, tu sola

fedele – si viva, o si muoia –

sarai, s'anche senza parola,

compagna di forza e di gioia...

Io voglio, ne' boschi e nei campi,

con te, senza macchia, fuggir...

(afferra la scure e se la pone sull'omero).

su l'opra sudata – vedere i tuoi lampi

e libero, amica – su te vo' morir.

(fugge precipitosamente verso la montagna).

Silvia: (corre fino al di fuori della porta del fondo – chiamandolo)

No, fermati, io t'amo!... Non m'ode...

(con un gemito).

O martïr!

(cade svenuta presso il cancello al di là del recinto, ed in maniera che il corpo rimanga nascosto dalla siepe)

INTERMEZZO

Oh notte!... Fascia di buio le anime,

sfiora il talamo e la culla,

fà che il core uman, che sanguina,

torni al grembo pio del nulla

Fu amore – oh amore!... – raggio ed anelito

un sol palpito, e s'è spento

come in mar quella meteora,

che vien giù dal firmamento.

Nati al dolore, che ne la tenebra

odi e faci squassan forte,

essi vengono col turbine,

e camminano a la morte.

Ma se l'aurora... Quando?... Su gli uomini

ancor mugghian cupe lotte;

fà sognare le albe candide

a' dormenti spirti, o notte...

PARTE SECONDA

L'alba spunta, soffusa d'una dolcezza infinita, nelle lontane profondità del cielo.

Le valli sono tuttavia immerse nelle ombre antelucane.

Suono di corni in lontananza. Comincia la partita di caccia. A poco a poco la cavalcata si avvicina. Scalpitìo d'un destriero dietro il recinto. Voci del BARONE e di **Fosco:**

Fosco: Sognan felici!...

Barone: Sognano!...

Fosco: (affacciandosi su l'uscio aperto).

È aperto...

Barone: (ancora dietro il recinto).

Aperto?... Oh Dio!...

la sposa qui... che avvenne?...

(trasportano sino ai gradini della casetta Silvia svenuta).

Fosco: (contemplandola).

Oh! com'è bella!...

Barone: (fremendo d'impazienza).

Il mio

boscaiolo l'ha forse

percossa?...

Fosco: (con sottile ironia).

Forse...

Barone: (facendo un gesto brusco ed imperioso).

Lasciami...

SCENA IV.

BARONE, SILVIA (svenuta)

Barone: Quel caro viso a l'anima

parla un muto linguaggio tentator,

vi riaccende il desio

per la donna che mia più non è.

Ah! de l'oblio tra le ceneri ancor

guizzan le vampe d'un delirio in me

dominatrici sul dominator!...

(si avvicina a Silvia che sta riprendendo i sensi e l'accarezza)

Silvia: (ancora inconsapevole).

Sei tu?...

Barone: (chinandosi).

Son io...

Silvia: (scuotendosi e guardando).

Chi dunque

sei tu?

Barone: (carezzoso presso di lei).

Quei che ti volle

felice...

Silvia: (con un grido).

Indietro!...

(con scatto subitaneo si leva in piedi, e si rifugia presso le siepi).

Indietro

da me.

Barone: (beffardo).

Diventi folle?...

Silvia: (col pianto nella voce).

Folle, sì!... Ti rammenti? Ero bambina,

tu audace giovine, ricco, possente,

quando mi avesti, quando le rapaci

tue voglie m'insozzarono di baci...

Quello amore non fu, – ma la ruina

sì d'ogni mia purezza eternamente...

Del tuo bacio furente

or solo intendo tutta la rapina!...

Barone: Così compensi la dolce premura

di chi, orfana, un dì pio ti raccolse,

e di chi ti ravvolse

fra le sue braccia contro la sventura?...

Silvia: Tuo padre al fango nativo mi tolse,

tu, già sfiorita a un altro m'hai donata...

Barone: Tale fosti accettata...

Silvia: No, che dall'onta e da l'amor si sciolse...

(con un singulto).

ed io l'amavo...

Barone: L'amavi?...

Silvia: (con passione crescente).

Da quando

l'ingenuo e schietto suo core ho compreso,

nel mio petto s'è acceso

un incendio che più va divampando!...

Barone: (avvicinandosi con desiderio).

Ebbene io pur di rinnovato ardor

t'amo.

Silvia: (scostandosi con fierezza).

Or son sua, se ben lontano, intendi?...

Barone: Gioielli ed oro posso darti ancor.

Fosco: (rientra bruscamente dal fondo).

Son qui..

Barone: (con ira).

Va via, discendi

per la battuta...

Fosco: (dimesso e sornione).

M'inviaron gli ospiti.

Barone: (con represso e mal celato sdegno).

Sta ben... ti seguo...

(a Silvia sommessamente)

Tornerò!...

Silvia: (con profondo disprezzo).

Và, và...

SCENA V.

Silvia: (resta presso il limitare come in atto di sfida, eretta verso l'ombra, ove il Barone è scomparso).

E che sien morsi d'aspide

su le tue guancie il bacio e la carezza

di chi sarà tua femmina...

amator, che involasti al cor de l'orfana

d'amor ogni dolcezza!...

(si avvicina avviata dal fascino dei ricordi alla casetta rustica).

E tu casetta, solitario nido

dei primi sogni miei de' primi pianti;

ah perchè non t'apristi, allor che il grido

supplice uscì da le sue labbra amanti?....

Ei più non tornerà, con la lucente

scure, in ginocchio, grazia a dimandare.

Non veglierà la sua passione ardente

d'inverno a notte presso il focolare...

Piccolo nido, vedovo d'amore,

fremiti non udrai d'ali o bisbigli

di vite nuove a salutar le aurore;

non sui tramonti, il cinguettio dei figli.

Ei più non tornerà con quella pura

sua fronte, e con la fede immacolata.

E il talamo sarà, tacite mura

la bara de la sposa abbandonata.

(affranta – si getta a sedere sugli scalini della casetta, col viso nascosto tra le mani).

L'Aurora e l'Inno di Maggio.

L'alba ha imbiancato tutto il cielo. A poco a poco, un'aurora purissima tinge di porpora le giogaie della montagna, su cui le ghiacciaie eterne si affacciano.

Prima suoni indistinti, come di echi misteriosi; poi, quanto più la luce trionfa, voci prossime e lontane salutano il primo sole di maggio: e mentre i raggi avvolgono nel grande amplesso luminoso tutte le cose, il coro augurale al florido mese delle speranze, ascende in impeto solenne di scintille e di osanna dalle valli ai vertici.

Sul grido dei petti umani squillano campane invisibili, a festa...

Voci: (lontanissime).

Alba!...

Voci: (meno lontane).

Salve alba di Maggio! | ...

Voci: (più prossime)

L'occhio stanco a l'uom disserra!...

Voci: (vicine).

Su, figliuoli de la terra,

che già spunta il primo raggio!...

Voci: (dalla montagna).

Su dai monti!...

Voci: (dalla pianura).

Su dai piani!..

Voci: (da le città).

Su da l'urbe ai casolari!...

Voci: (da la miniera).

Di sotterra!...

Voci: (dagli oceani).

Su dai mari sorga il canto de gli umani!

Le Voci: (si fondono lietamente).

Salute, o Maggio, che da sponda a sponda

fulgoreggi di trilli e di colori

Salute, o messi, che il lavor feconda

tra sinfonie di fremiti e di fiori.

Tutte le voci: (inneggiando – concordi).

Singhiozzi, squilli, lutti, gioie, spasimi

in un sol inno a la vita si levino!...

Voci sorelle – da le estreme patrie

Cantiamo il pane che nel verde germina.

(Tutte le nevi e tutto il verde scintillano al sole, levato).

Silvia: (alle prime voci lontane leva lentamente il capo ed intanto che ascendon i voti e le luci con l'aurora, il viso di lei si rasserena e dalle sue labbra sgorga la parafrasi passionale del grande inno delle genti).

Dolci canti!... Quanta calma

dal biancore mattinale

con le voci al monte sale,

e soave scende a l'alma!...

(inginocchiandosi sui gradini).

O dolenti anime, avanza

su la rea tenebra il sole,

e nel suon de le parole

par che albeggi la speranza.

Amore, o sol che asciughi ogni più amaro

pianto, rasciuga le lacrime mie

Ascendi su dal labbro con le pie

voci de l'uomo, o mio voto più caro.

(levandosi come sollevata da un grande battito d'ali invisibili).

O raggi, o canti; a vol con voi rapitemi

via su le selve, sui gioghi, sui vertici

insino a lui per morir tra lo spasimo

di sua passione in una stretta vindice.

(il suo grido d'ardente desiderio vola in un col solenne mattutino delle folle rideste).

Evandro: (apparisce al limitare del cancello, sereno, appoggiato a la scure – a Silvia con passione traboccante).

Torno col sol di maggio, e col perdono.

(L'irresistibile grido d'amore si fonde nell'onda canora dell'annunciazione di Maggio).

Silvia: (con slancio di gioia).

Quando fuggisti gridai che... t'amavo.

Evandro: (appendendo di nuovo la scure al muro della casetta).

Tu m'ami?... Tu m'ami?...

(s'avvicina tremante di commozione a Silvia).

Silvia: (attirandolo a sè soavemente).

La tua sposa io sono...

Evandro: (cingendole, amorosamente, la vita).

Ed io sarò lo sposo amante e schiavo....

Silvia: (poggiando la testa, con effusione, sull'omero di lui).

Voglio fuggir lassù,

con te sui monti che la neve imbianca,

ne la foresta, che madre ti fu...

Dopo il lavoro, sul fidato sen,

riposerai questa tua fronte stanca.

Evandro: (assorto come in una visione – sospira).

Ah non destarmi più

dal bacio che sognai su la tua bocca,

or che dai monti mi chiamasti giù.

Ti condurrò sul vertice seren

dove son fiori, che umano piè non tocca.

Silvia: Il nostro amor, che nacque a Maggio, in festa,

su le nevi lucenti splenderà,

immenso come il ciel.

Evandro: Nel grembo di mia madre: la foresta,

tra i muschi, l'amor nostro canterà,

puro come un ruscèl.

SILVIA ED **Evandro:** Via da la bassa tutta fango e lagrime

Terra che i nostri cori anco impaura.

Avvinti, sospinti sui liberi culmini

In faccia al sole incontro a la ventura.

SCENA VI.

Barone: (entra bruscamente accompagnato da Fosco).

Su, boscaiolo corri a la battuta...

Evandro: (con sorda collera).

Che mi chiedete voi?...

Barone: (con mal celata impazienza).

Su, presto, và

al tuo dover...

Evandro: (fremendo).

Non posso....

Barone: Avrai voluta

la tua ruina...

Fosco: (a bassa voce, spingendolo).

(Ti discaccerà..)

Evandro: (con uno sforzo violento, e come riafferrato dal costume servile – abbassando la testa, s'avvia).

Obbedirò...

(guardando Silvia con tenerezza).

per te, che tutta mia

or sei...

Silvia: (come in atto di solenne promessa).

Per sempre

Fosco: (accompagnando Evandro sino all'uscita).

(Ti dirò... ma vattene).

Barone: (vedendo Fosco; che rientra).

E tu che fai?...

Fosco: (con malizia).

Disturbo? Vado via...

(esce).

SCENA VII.

BARONE – **Silvia: Barone:** (quando Fosco è uscito, si reca alla gran porta rustica d'ingresso, e la chiude frettolosamente. Indi s'avanza verso Silvia).

Silvia: (fiera sul limitare della casetta).

Ebben, che chiedi?

Barone: (con ironia).

Audace orgoglio

è in te...

Silvia: Sì, t'odio!...

Barone: Già con l'amore t'ebbi,

e con l'odio – ancor ti voglio.

Silvia: Sfido gli oltraggi del tuo furore...

Barone: Sposa del servo, dritto ho al tuo bacio.

Silvia: Strappami prima, vigliacco, il core...

Barone: (si slancia su di lei, afferrandola con moto fulmineo alla vita, e trascinandola a forza nell'interno della casetta).

Cedi...

Silvia: (con un grande urlo).

Ah!... vile!...

Evandro: (scuotendo furiosamente la gran porta rustica dal di fuori, chiama disperatamente).

Silvia!

Silvia: (con un grido altissimo, dall'interno della casetta).

Aiuto!

SCENA ULTIMA.

EVANDRO – SILVIA – **Barone: Evandro:** (entra nel recinto calandosi a precipizio dalle alte rupi, che fronteggiano la casetta, e vi si slancia furiosamente).

S'ode internamente un violento trambusto, poi Evandro esce tenendo avvinto il Barone, e lo rovescia a terra. a piè della scaletta.

Breve silenzio affannoso: indi lentamente il Barone si rialza, guardando con sprezzante sarcasmo Evandro, che lo fissa fieramente, trasfigurato negli atti e nel sembiante. Voci al di là della siepe.

Coro: (di contadini – internamente).

Su canta il Maggio florido...

Voce di Fosco: (oltre la siepe).

Cantiam, cantiam la dolce ninna nanna

del Signor che incorona la capanna...

Barone: (fremendo di collera cupa – ad Evandro con feroce sarcasmo).

I tuoi muscoli son forti

come la tua fame

che raccatta gli avanzi del banchetto

e de l'alcova baronale...

Evandro: (con scoppio di collere a lungo compresse).

Tu ladro dell'onore,

a chi ti diè per l'orgia e sangue e vita,

32

tu ladro del mio amore...

Barone: (raccogliendo lo scudiscio, che nella colluttazione gli era caduto).

Servo, servo che porti

fin su la bocca il fango del tuo tetto...

solchi la mano che già ti fu amica,

a la ribelle schiavitù l'abbietto

marchio su te!...

(percuote con lo scudiscio alla faccia Evandro).

Evandro: (dà un balzo e i suoi occhi si posano fiammeggianti su la scure).

Scure, mia scure,

o scure santa a me!...

(si lancia verso la scure, e la stacca).

Barone: (vedendo l'atto di Evandro, e intuendone il terribile proposito, fugge disperatamente – prima verso la gran porta chiusa, che scuote furiosamente – ma invano. – Con rabbia, e spavento).

(con voce soffocata).

O mia perfida rete.

Evandro: (lo raggiunge, ma mentre alza la scure per colpirlo, il BARONE gli sfugge ancora, correndo a nascondersi dietro gli enormi macigni che si avanzano nel recinto. EVANDRO inferocito lo insegue).

Mentre si svolge fulminea su la scena la tempesta delle passioni, dai monti lontani, dai mari invisibili, giunge di nuovo il canto di Maggio. Oltre la siepe, FOSCO ed i CONTADINI, ancora, cantano e ridono.

Coro: (da tutti i punti de l'orizzonte).

Voci sorelle da le estreme patrie

cantiamo il pane che nel verde germina.

Silvia: (mentre il BARONE fugge verso le rupi, inseguito da EVANDRO compare pallidissima sull'uscio della casetta. – Con grido, ad Evandro).

No!.. Lascialo!..

Mentre ella si precipita verso la gran porta rustica, giunge, d'oltre le rupi un grido d'angoscia.

Silvia:(spalanca con violenza la porta grande).

Accorrete!..

La folla: dei contadini, in compagnia di FOSCO, barcollante, entra sghignazzando, ma si arresta inorridita, scorgendo dietro le roccie la tragica scena. (Vocìo confuso).

Evandro: (riappare dalle rupi, col viso sconvolto dal parossismo del furore e dell'angoscia. – Gettando, con ribrezzo, la scure insanguinata verso la folla che indietreggia, scoppia in un singhiozzo disperato e si getta tra le braccia di Silvia).

Il sole alto, scintilla, e le onde dei canti augurali vibrano sulla umana tragedia.

Cala lentamente la tela